CARTON ROUGE

Castor Poche
Collection animée par
François Faucher, Hélène Wadowski,
Martine Lang et Soazig Le Bail

Une production de l'Atelier du Père Castor

JACQUES VÉNULETH

CARTON ROUGE

Illustrations de Thierry Christmann

Castor Poche Flammarion

Jacques Vénuleth

L'auteur a quatre enfants, et lorsqu'il n'écrit pas est documentaliste dans un collège. « Je suis né à Colmar en Alsace en juin 1946, mais j'ai toujours vécu dans le Midi, à Béziers. C'est là au cœur du pays du rugby, que, sans me gêner, j'ai longtemps joué au foot sous les couleurs de l'équipe locale, l'ABS, couleurs Rouge et Bleu, les mêmes que celles du Barça, mais la comparaison s'arrête là. En écrivant ces histoires de football, j'ai pris plaisir à revivre tout un pan de ma jeunesse. En apparence, j'étais devant ma table, un stylo à la main ; en fait, j'étais comme avant, assis dans l'herbe en culottes courtes, ou dans la chaleur du vestiaire, au milieu des copains. D'ailleurs entre nous, pour connaître un auteur, le mieux est de ses différents livres. Il y a toujours moyen de reconstituer ainsi toute sa vie. A condition de faire attention aux pièges, car les auteurs sont des menteurs professionnels, c'est efficace à 100 %, et aussi rigolo qu'un puzzle. »

Thierry Christmann

L'illustrateur est né à Strasbourg en 1964. Il adore les histoires, les mots ou les images qui en racontent. Quand il illustre un livre, il la lit, l'histoire. Puis il aime la laisser reposer, qu'elle puisse travailler toute seule dans sa tête. Et, un jour, elle ressort en images, très rapidement. En quelques petites heures, toutes les illustrations seront gribouillées. Là, tout n'est que concentration, facilité et plaisir. Et ce plaisir, il va falloir essayer de ne pas le perdre en passant de ces tous petits croquis aux dessins définitifs qui seront dans le livre.

Carton rouge

Chapitre 1

Tout a commencé bêtement. Mais je crois que chaque fois que quelque chose qu'on n'attend pas arrive, on trouve ensuite que ça a commencé bêtement.

Smaïl est parti le long de la ligne de touche. Il a envoyé le ballon loin devant lui, si loin que c'était presque sans espoir. Mais je le connais Smaïl, et je sais que dans ce cas c'est chaque fois lui le plus rapide. Plus rapide que les défenseurs, et même plus rapide que le plus rapide des ballons.

Alors moi, je me suis avancé au premier poteau, en faisant bien attention de demeurer malgré tout un peu en retrait pour ne pas me mettre en position de hors-jeu. Quand il est arrivé à centrer, car bien sûr il y est arrivé, j'étais là où je devais être, et je me suis jeté tête en avant.

J'ai coupé la course du ballon et je l'ai envoyé comme une fusée au fond de la cage. Le gardien n'a même pas eu le temps de bouger.

But. J'avais marqué.

Je me suis relevé aussi sec et j'ai attrapé la balle que le filet avait renvoyée vers moi. Nous étions encore menés à la marque et il restait peu de temps. J'ai couru ainsi vers Smaïl pour l'embrasser et le remercier.

J'ai deviné qu'il se passait quelque chose d'anormal quand j'ai vu que Smaïl ne m'attendait pas bras ouverts, mais regardait ailleurs, derrière moi, en faisant de plus une drôle de tête, pas la tête de quelqu'un qui est content.

Je me suis arrêté et je me suis retourné. Au lieu de courir vers le centre du terrain, comme c'est la mode quand un but est marqué, l'arbitre courait au contraire vers l'endroit où j'avais touché le ballon.

Je n'avais pas besoin d'un dessin. Il refusait tout simplement le but.

Pourquoi ? Je n'allais pas tarder à le savoir.

En général, quand il peut y avoir un doute, je ne proteste pas. J'étais certain d'avoir fait attention au hors-jeu, mais dans le feu de l'action, il est toujours difficile de juger.

Si l'arbitre avait dit hors-jeu, je n'aurais pas réagi. Les gros mots seraient restés dans ma tête, dans ma tête seulement.

Mais il n'a pas dit « hors-jeu ». Il a dit « main ».

En fait, il n'a même rien dit. Il a juste montré la sienne. Il a fait semblant de plonger, comme moi à l'instant, mais avec une main vers l'avant, une main vers le ballon.

Il n'a rien dit, mais j'ai compris. D'après lui, j'avais poussé la balle ainsi au fond des filets, et le but n'était donc pas valable.

Déjà c'était idiot, surtout qu'aucun des joueurs adverses n'avait songé à réclamer une faute, même pas le gardien. Et le juge de touche, pourtant très bien placé, beaucoup mieux, n'avait rien signalé non plus.

Mais il ne s'est pas arrêté là.

Toujours avec des gestes, toujours sans un mot, comme s'il était dans un match international, alors que nous parlons tous les deux le français et avec le même accent, il m'a fait signe de bien le regarder et il a reculé d'un pas. Il a plongé une main dans la poche arrière gauche de son immense short. Il en a sorti un carton jaune, qu'il a brandi sous mon nez. Anti-jeu !

C'était trop. Pas seulement ce carton jaune, en plus du but refusé, mais surtout cette manière de procéder. Ces mimiques ridicules avec son air trop sérieux. Il savait que dans les limites de ce terrain, il était le maître absolu, une sorte de petit Louis XIV, et il en profitait effrontément.

Il m'a énervé.

J'avais toujours le ballon à la main. Je l'ai jeté vers lui. Pas vraiment pour le frapper. Plutôt pour le lui rendre et qu'il fasse ce qu'il voulait avec, puisque qu'il était le chef.

Le ballon est tombé pile sur sa main, alors qu'il s'apprêtait à écrire mon numéro sur son petit carnet. Tout a volé dans l'herbe, le carnet, le stylo, et même le sifflet qu'il avait pourtant attaché à son poignet.

Il est devenu tout rouge. J'ai compris.

Je n'avais plus besoin d'attendre la couleur du nouveau petit bout de carton qu'il devait cette fois chercher dans la poche arrière droite de son short. La couleur était annoncée.

Je me suis retourné et j'ai quitté le terrain, en enlevant mon maillot.

Je suis parti direct vers le vestiaire, sans regarder personne. Sans regarder les autres sur le banc de touche. Sans regarder mon entraîneur. Sans regarder mon père.

Mais mon père et l'entraîneur ne sont en fait qu'une seule et même personne.

Chapitre 2

Le temps de revenir seul vers le vestiaire, j'avais déjà un peu honte de ma réaction de gamin.

D'accord, je n'ai que onze ans, et réagir comme un gamin, je peux encore me le permettre, mais je n'aime tout de même pas.

Qu'est-ce qui m'avait pris ?

Le frottement de mes crampons sur le sol bétonné du couloir me rentrait dans la tête, comme si je l'entendais avec un casque stéréo. J'ai poussé la porte du vestiaire désert.

C'est triste un vestiaire désert. Surtout avec les affaires des copains accrochées sagement aux portemanteaux. Et dehors, loin, étouffés, les cris des joueurs et des spectateurs, l'ambiance du match qui continue, qui continuait sans moi.

Je me suis assis à ma place. Je me suis appuyé contre mon blouson et mon pantalon. J'ai bu longuement au goulot d'une bouteille d'eau entamée que j'avais attrapée au passage sur la table. Je n'ai jamais su boire proprement au goulot. L'eau m'a coulé sur le menton, sur la poitrine nue, même sur les genoux. J'ai étendu les jambes, et je me suis essuyé le visage avec mon maillot que je serrais toujours dans mon poing.

J'étais mal. Très mal.

Mais je savais maintenant pourquoi je m'étais laissé aller à ce geste de colère, ce geste de gamin. Balancer le ballon sur l'arbitre. Pas à cause du but refusé ou du carton jaune. À cause de tout le reste.

Tout le reste, c'est-à-dire... C'est compliqué, mais je vais essayer d'expliquer. Je vais prendre en vrac, un peu comme les raisons me sont venues à ce moment-là.

D'abord cet avenir qu'ils ont tous déjà prévu pour moi, tracé d'avance. Je dis tous, parce que je pense à mon père mais pas seulement à lui. Même des gens que je ne connais

presque pas ont tout prévu et tracé pour moi. De simples supporters. Ils sont là à chaque entraînement, mais je ne les connais pas plus pour autant.

Je suis de la graine de champion, paraît-il, c'est comme ça qu'ils disent. « Tu vois la tête de Papin sur la couverture de *Top But* ? Dans dix ans, à la même place, il y aura la tienne ! »

N'importe quoi ! Ils le disent peut-être en riant, mais moi je ne ris pas. Puis, dans dix ans, *Top But* n'existera sûrement plus.

Même leurs encouragements à la fin du match ou de l'entraînement m'agacent. Leurs petites tapes gentilles sur la tête ou sur l'épaule, quand je rentre au vestiaire avec les copains. « C'est bien, petit ! Tu iras loin. »

Ils m'énervent. Je n'ai pas spécialement envie d'aller loin. Si seulement je savais déjà où je veux aller !

Le pire c'est quand ils parlent de

moi et que je surprends des morceaux de leur conversation. C'est facile, car ils ne font pas attention. Font certainement exprès de parler bien fort pour que j'entende.

Il paraît qu'un grand club s'intéresse déjà à moi. Je ne suis pas tout à fait à vendre, mais presque.

Ils m'observent, m'examinent. Encore un peu, et ils viendraient me regarder les dents, vérifier qu'elles sont saines. Comme les marchands d'esclaves, il y a longtemps en Afrique. J'ai lu un livre là-dessus à la bibliothèque.

Je ne serai jamais à vendre, et mon avenir pour l'instant, je m'en moque. Mon avenir, c'est demain. Au mieux, la semaine prochaine. Je ne veux pas voir plus loin.

Dans tout ça, mon père n'est pas le plus chien, au contraire. Mais le problème, c'est qu'il est mon père, toujours à côté de moi, et du coup, même sans en rajouter, il devient encore plus collant que les autres.

Il essaie de rester discret, mais il me pousse sans arrêt. Il ne rate pas une occasion de me faire toucher du doigt ce qui est bon ou non pour moi, si je veux réussir.

Il n'avait qu'à réussir lui-même, au lieu de se retrouver entraîneur bénévole ou presque chez les tout-petits. Prospecteur, ils l'appellent. Il n'a pourtant pas la tête d'un chercheur d'or.

Je deviens méchant, mais je m'en fous.

Ce que je lui reproche surtout, ce que je ne supporte plus, c'est sa manière de parler avec les dirigeants.

Il les craint, il leur parle doucement, alors qu'ils ne connaissent rien au foot. Ils ne savent même pas faire la différence entre un ballon de compétition et un ballon d'entraînement.

Mais je sais pourquoi il les craint, pourquoi il fait toujours bien attention de ne pas les contrarier. Ils ont l'argent et les relations. Le pouvoir. S'il les brusque, s'il se les met à dos, mon avenir est fichu.

Si mon avenir est à ce prix, je préfère arrêter de jouer.

Arrêter de jouer...

Dans ma tête et le silence du vestiaire, ces mots ont résonné, comme tout à l'heure le bruit de mes crampons sur le sol en béton.

Je me suis levé et j'ai enlevé mon short, mon slip, mes chaussettes. Je suis parti à poil – mais je n'en ai pas beaucoup – vers les douches.

Ma décision était prise, sans même attendre la sanction qu'ils allaient m'infliger, trois, quatre matchs de suspension, ou peut-être plus. Là, sous le jet brûlant, j'ai crié en riant : « J'arrête de jouer ! J'arrête de jouer ! »

Je riais tout seul, mais j'avais plutôt envie de pleurer, car je savais qu'avec mon mauvais caractère, j'étais bien capable de tenir cette grave décision.

Chapitre 3

Grave, la décision l'était. Pas de doute. Car le foot, je ne pense qu'à ça, je ne vis que pour ça. Depuis tout petit.

Je suis encore loin d'être grand, mais quand je dis tout petit, je sais de quoi je parle. Je n'étais qu'un bébé, et mon père, qui alors entraînait l'équipe première, m'emmenait déjà avec lui au stade presque tous les matins. La pelouse et les vestiaires étaient ma crèche, ma halte-garderie. Les onze joueurs et quelques, mes nourrices d'occasion.

Je savais à peine marcher mais, dès qu'un ballon roulait par hasard devant moi, je le frappais, avec la tête, les mains ou les pieds, pour le pousser derrière une ligne fantôme, pour marquer un but.

Après, j'ai grandi, normal, mais le foot est resté mon seul souci de tous les jours. Souci, pas dans le sens de ce qui fait de la peine. Souci dans le sens de ce à quoi on pense tout le temps, volontairement et avec plaisir.

Je ne me suis jamais trop intéressé à l'école. Je ne suis pas mauvais, loin de là. Je pourrais même être bon. Mais l'école ne m'intéresse pas.

D'abord, je n'aime pas être enfermé, et à l'école, on est toujours enfermé. Ensuite, je ne supporte pas de rester assis sans bouger pendant plus d'un quart d'heure, et à l'école, c'est trop souvent le cas. Surtout j'aime inventer, trouver des solutions nouvelles, et à l'école, il faut répéter, répéter, jusqu'à ce que ce qu'on fait ressemble absolument à ce que veut le maître, à ce qu'il a dans la tête, sans même comprendre pourquoi. Trop pour moi.

Du coup, j'ai toujours fonctionné comme une marmotte. La moitié du temps en hibernation, à part que la marmotte, c'est été-hiver, alors que moi, c'est école et le reste du temps.

Quel que soit le jour ou l'heure, je me réveille et je reviens à la vie quand je me retrouve au stade avec les copains, après avoir fait un crochet chez moi pour poser les affaires de classe et me changer.

Là, jusqu'à huit heures du soir – même en hiver, car il y a des projecteurs –, je joue, sans avoir le temps de rêvasser ou de songer à autre chose. Je marque des buts ou je fais marquer les autres, comme jamais personne avant moi n'a osé.

Voilà ce que représente le foot pour moi. Et encore, je ne vous ai pas tout dit. Je vous ai épargné les détails, de peur que vous me trouviez ridicule, si vous n'êtes pas aussi mordu que moi. Car le foot me rend heureux par des petits riens qui ne représentent pas grand-chose pour quelqu'un qui ne connaît pas.

Par exemple, j'aime caresser mes chaussures de foot, quand elles sont propres, souples, luisantes de graisse. Il m'arrive de les sortir du sac, rien que pour les toucher, les admirer, puis je les remets dedans.

J'aime me caler sur mon siège d'autocar, quand nous partons en déplacement avec toute l'équipe, regarder dehors défiler le paysage, et écouter Fabrice ou un autre, les deux ou trois qui ont toujours une histoire drôle à raconter et qui savent le faire.

J'aime quand je me suis fait mal et que les copains viennent m'aider à me relever, s'occupent de moi. J'adore quand ils me défendent, menacent de casser la gueule à l'adversaire qui m'a donné un vilain coup.

J'aime l'odeur de la pelouse, surtout quand elle vient d'être coupée et que nous sommes les premiers à avoir le droit de jouer dessus. Quand je tombe, je suis capable de demeurer un moment, exprès, le nez dans l'herbe.

Je sais, c'est idiot, mais je vous avais prévenus.

En tout cas pour moi, le foot, c'est tout ça et le reste, et je venais de décider tout seul de m'en priver, en arrêtant de jouer.

Je m'étais forcé à rire sous la douche, mais en sortant, je tirais une drôle de tête.

Juste à ce moment-là, les autres sont arrivés. J'avais déjà retrouvé ma place sur le banc du vestiaire, et avec ma serviette, je m'essuyais les cheveux, mais essayais aussi de cacher un peu ma figure.

J'ai tout de suite compris qu'ils avaient gagné. Ils riaient, ils parlaient fort, ils se donnaient de grandes claques.

José, le capitaine, est venu le premier vers moi. Il m'a dit :

– Allez, ne fais pas cette gueule ! (Malgré ma serviette, il avait bien vu.) Tu vas prendre un ou deux matchs. C'est rien... C'est rien parce que, grâce à toi, nous avons gagné.

– C'est vrai, a repris Marc, un grand, notre libéro. Avec ton but, même refusé, tu nous as redonné le moral, au moment où plus rien ne marchait. Après, tu aurais vu comment nous avons joué !

Ils m'entouraient tous. Pas un seul n'a oublié de me remercier ou de me consoler d'un petit signe, avant de se déshabiller et d'aller se doucher.

Mais pour moi, c'était encore pire. Parce qu'ils croyaient que je faisais la tête à cause du but refusé ou de l'expulsion alors que, bien sûr, je n'en étais plus là.

Leurs marques d'attention, leur gentillesse, étaient comme du sel sur ma blessure, ma décision toute fraîche de les quitter.

Chapitre 4

Mon père, par contre, a tout de suite été bizarre. Non seulement il n'est pas venu me consoler – ou me remercier, pourquoi pas ? – mais il a pris soin de rester toujours loin de moi pour ne pas avoir à m'adresser la parole. C'était flagrant.

J'ai pensé : « Il me fait la tête. Il m'en veut à cause de mon expulsion idiote. Il n'a rien compris. Encore moins que les autres. »

J'ai pensé ça, mais j'étais surpris, parce que ce n'est pas son genre et je me suis toujours bien entendu avec lui. Surtout pour tout ce qui touche au foot. Ma mère a parfois du mal à suivre, mais pas lui. Lui, il me suit, mieux il me précède. Il « anticipe », comme on dit chez nous, comme sur le terrain il faut savoir faire.

J'étais surpris, mais la réalité était là, incontournable. Mon père m'évitait.

Il m'évitait, sans rien changer pour autant à ses habitudes.

Il a attendu que tout le monde soit sorti de la douche et alors, d'un petit signe, il a demandé le silence. À chaud et comme d'ordinaire, il a analysé le match, fait ressortir le bon et le mauvais pour nous aider à progresser.

Tout le monde a écouté attentivement. Un drôle de public d'ailleurs, les uns déjà habillés, les autres avec rien en bas, rien en haut, ou même rien partout. Mais personne ne trouvait ça choquant.

Plus tard, beaucoup plus tard,

après avoir déposé Smaïl et Fabien, nous nous sommes retrouvés seuls dans la voiture et, pour meubler le silence qui devenait gênant, il a bien fallu qu'il m'adresse enfin la parole.

Il n'a rien imaginé de mieux que de parler du programme de la soirée à la télé. N'importe quoi. Un film super, paraît-il. Alors que la télé, il s'en fiche, et jamais nous ne la regardons ensemble, excepté les jours de matchs internationaux.

J'ai dû entrer moi-même, tout seul et comme un grand, au cœur du sujet. « Au cœur du sujet », l'expression favorite de notre prof de français. Je l'ai fait comme je sais le faire, c'est-à-dire sans ménagement. J'ai coupé mon père au beau milieu d'une de ses phrases, et j'ai annoncé :

– J'arrête de jouer !

Absolument comme sous la douche, sauf que là, je n'ai pas crié, j'ai parlé normalement, ou presque... Car ma voix était malgré tout bizarre, un peu cassée, un peu étouffée. L'émotion.

Il a ralenti et il s'est tourné vers moi. Pas longtemps et sans plus. Il a tout de suite à nouveau regardé la route, appuyé normalement sur l'accélérateur.

– C'est ta vie ! a-t-il déclaré d'une voix froide et neutre. C'est toi qui décides.

Je m'attendais à tout, sauf à une réponse de ce genre. Sous le coup de la surprise, je me suis senti obligé de préciser :

– Au foot... j'arrête de jouer au foot !

Au cas où il aurait pensé que j'arrêtais simplement de jouer aux billes.

Mais apparemment il avait très bien compris, car il n'a même pas pris la peine de me répondre encore.

J'étais si mal que j'ai failli me mettre à pleurer, comme un enfant qui craque. Je suis tout de même arrivé à me retenir.

Nous avons continué à rouler, à rouler en silence.

La maison n'était pas loin et, autour de nous, il y avait du monde, des gens, des arbres, des voitures, d'autres maisons et les bruits de la ville ; pourtant, c'était comme si nous traversions un désert sur une de ces longues routes droites que l'on voit parfois à la télé dans certaines publicités. Pareil. Aussi sinistre et ennuyeux. Aussi oppressant.

Je n'en pouvais plus et, au lieu de craquer en pleurant, j'ai craqué en parlant :

– Tu sais au moins pourquoi j'arrête de jouer ? Tu ne m'as même pas demandé...

Il a juste haussé les épaules.

Assis à ses côtés, je le voyais de profil et par en dessous. Il avait sa tête des mauvais jours, sa tête des soirs de défaite, quand rien n'a marché comme il l'avait voulu, prévu.

J'ai néanmoins insisté :

– Tu crois que je m'arrête à cause de cet idiot d'arbitre ?

– Je ne crois rien du tout et je sais très bien pourquoi tu t'arrêtes !

Il ne croyait peut-être rien, mais en tout cas il avait crié, donc il commençait à craquer lui aussi. Il est terrible, mon père, quand il craque, éclate, explose. Même les joueurs de l'équipe première, les plus vieux, les plus costauds, le craignent, le craignaient.

J'avais peur, mais tout compte fait, c'était mieux ainsi : nous étions à égalité. J'ai donc continué :

– Ce n'est pas vrai ! Tu ne peux pas savoir pourquoi je m'arrête. Jamais je ne t'en ai parlé !

– Oh, tu m'emmerdes maintenant !

Terminé, la dernière digue avait sauté. C'était bien ce que je cherchais, mais inconsciemment je me suis serré vers la porte, un peu écarté de lui. Mon père est rarement grossier. Quand il s'autorise ce genre d'excès, il ne connaît plus de limites.

– Tu m'emmerdes !

Il a ralenti brutalement, moitié en freinant, moitié en rétrogradant et en faisant du même coup atrocement grincer une vitesse. J'ai eu le temps de penser et pourtant je n'avais pas le cœur à rire : « Heureusement que ce n'est pas maman qui fait ça ! »

Il s'est garé direct sur un parking d'autobus. Le bus venait certainement de passer, car personne n'attendait et nous étions tranquilles.

Il a coupé le moteur et s'est franchement tourné vers moi.

– Je le sais mieux que toi, pourquoi tu veux t'arrêter de jouer et, puisque tu insistes, je vais te le dire !

« Tu veux t'arrêter pour une seule raison : parce qu'ils m'ont jeté de mon poste d'entraîneur de l'équipe première ! Uniquement pour cette raison-là ! Tu crois que je ne te vois pas vivre depuis ce jour ?

Il m'a tellement coupé la chique que j'ai fait... C'est dur à exprimer avec des mots ou des sons, justement parce qu'il n'y en avait pas... J'ai fait comme mon poisson rouge, quand il nage vers moi dans son bocal et me regarde. J'ai ouvert et refermé la bouche plusieurs fois.

C'est tout ce que j'ai fait.

Chapitre 5

Le souvenir que venait de réveiller mon père, je l'avais enfoui si profond que j'avais bien cru pouvoir l'oublier définitivement. Erreur.

... C'était en début de saison, donc déjà il y a cinq, six mois.

Rien que de l'évoquer vaguement, je comprends pourquoi j'ai tellement essayé de l'oublier, ce souvenir. Pour le désigner, n'arrivent dans ma tête que des adjectifs négatifs, du genre « idiot, honteux, bête, insultant », j'en passe. En prime, mes intestins se nouent, j'ai mal au ventre.

J'étais donc avec mon père quand ça s'est passé. Un samedi matin. Je n'avais pas classe et je l'accompagnais tout naturellement au stade.

Il entraînait alors l'équipe première – ou du moins, il le croyait encore – et il n'avait prévu ce matin pour ses joueurs qu'une petite séance de « décrassage », comme nous disons dans notre jargon, car l'équipe avait joué la veille au soir. Un match difficile, un match perdu. Pas une seule victoire à l'actif depuis le début de la saison. En tout, un triste match nul et cinq défaites successives. Pas brillant.

Mon père avait également ce jour-là sa tête des mauvais jours. Mais du coup, n'allez pas croire qu'il est toujours ainsi ! Non, il sait aussi être gai et rigolo. D'ailleurs, je l'aime et je l'admire. C'est vrai que, jusqu'à présent, chaque fois que je vous le décris, c'est dans un jour sans.

Quand nous sommes arrivés, j'ai regardé ma montre. Bizarre.

D'accord, nous étions juste à l'heure, mais en tout cas pas en retard, et pourtant il n'y avait aucune autre voiture. Sur la vingtaine de joueurs, sans compter les dirigeants qui ne ratent aucun entraînement, personne n'était encore présent.

Je l'ai fait remarquer à mon père. Il était aussi surpris que moi. Il a également vérifié sa montre, puis machinalement celle de la voiture, mais il n'y avait pas d'erreur.

J'ai dit aucune voiture. En fait il y en avait tout de même une, presque cachée. Une seule, celle du vice-président. Un gars sympathique et toujours souriant, un bon vivant.

Il nous guettait certainement, puisqu'il est sorti quand il nous a vus. Il s'est approché, les mains dans les poches de son manteau.

Mon père est allé à sa rencontre. J'ai voulu sortir aussi, mais il m'a dit, et cela ne souffrait aucune discussion :

– Attends-moi là !

J'ai attendu. Je les ai regardés. Ils se sont serré la main, et ils sont partis en marchant lentement dans la longue allée d'arbres derrière les tribunes.

L'image était jolie, à cause des arbres d'abord, car les feuilles avaient toutes les couleurs de l'automne. Aussi parce que le dirigeant avait passé gentiment son bras sur l'épaule de mon père. C'était fraternel.

Mais il ne faut jamais se fier aux jolies images.

Le type était en train d'annoncer à mon père qu'il était viré de son poste d'entraîneur de l'équipe première.

Bien sûr, je ne pouvais rien entendre de ce qu'ils se disaient, mais je connais déjà tellement bien le monde du foot que j'ai pu reconstituer ensuite tous les dialogues, et presque les grimaces, les mimiques.

– Les résultats sont mauvais ! Tu le sais aussi bien que moi. Trop mauvais... Déjà des sponsors* ont menacé de nous quitter!

(* note en bas de page, mais je la laisse ici, c'est plus pratique) Les sponsors sont tous ces gens qui payent pour profiter de la bonne image de l'équipe quand elle marche.

« Le club est en danger! Nous devons réagir!... Tu nous comprends. Tu aimes trop ce club pour ne pas nous comprendre...

J'essaie d'imaginer la tête de mon père, incapable de dire « non! ».

– Nous ne pensons pas que tu sois responsable de cette situation mais, pour amorcer le redressement, nous devons créer un choc psychologique. C'est pourquoi nous avons pensé, etc.

– Vous avez décidé ça quand? ose mon père.

– Hier soir. Hier soir dans la nuit.

– Et depuis hier soir, tout le monde est au courant sauf moi, c'est ça? (L'autre préfère ne pas répondre tout de suite.) Vous avez prévenu tous les joueurs, mais à moi, vous n'avez rien dit?

– Ne te bloque pas là-dessus, Dédé. (C'est le surnom de mon père. Il s'appelle André.) Nous ne pouvions pas faire autrement. Ils viennent déjà tous de partir au vert pour trois jours... Ils sont partis, il y a une heure.

– Et moi, vous m'avez laissé arriver comme un con à l'heure habituelle, comme si de rien n'était ?

Apparemment, c'est ce que mon père supporte le moins et il n'a pas tort. Être le dernier informé de la décision prise. Premier concerné et dernier informé. Dur.

Le gars, psychologue, comprend qu'il vaut mieux qu'il se taise un moment. Il a enlevé son bras de l'épaule de mon père, car il ne faut tout de même pas pousser, et il marche à côté sans rien dire. Il laisse digérer.

Quand ils atteignent l'extrémité de l'allée, ils font demi-tour, et alors l'autre recommence, présente la suite, les sucreries :

– Nous avons pensé que le mieux pour toi serait... (Il parle direct dans l'oreille de mon père, qui l'entend pourtant comme s'il était loin, comme s'il était de l'autre côté du terrain, dans le brouillard.) D'abord, de prendre un peu de congé... Partir en vacances avec ta femme. Tu dois en avoir besoin. Ça te ferait du bien...

« Ensuite de rester, bien sûr, avec nous et de t'occuper des jeunes. C'est le plus important, les jeunes. Notre avenir.

« Nous savons que nous pouvons te faire confiance. Tu n'es pas n'importe qui. Nous n'avons pas oublié que tu nous as fait grimper en cinq ans de la quatrième à la deuxième division...

Le type a continué dans cette veine-là, puis il a laissé partir mon père. Il l'a laissé partir après lui avoir demandé :

– Qu'est-ce que tu en penses ? Tu es d'accord ?

Mon père n'a même pas vraiment hésité. Il a accepté, il a dit oui.

Je n'ai jamais compris.

Mon père a peut-être accepté, mais pas moi.

J'ai essayé d'oublier, mais je n'y suis jamais parvenu.

Chapitre 6

Le temps avait passé, cinq mois, et nous étions à nouveau assis côte à côte dans la voiture.

J'avais presque l'impression que nous reprenions une conversation interrompue. Il y a cinq mois, mon père, en revenant s'asseoir à côté de moi, m'avait bien déclaré sans cachotterie :

– Je ne suis plus entraîneur de l'équipe, je vais m'occuper de vous, je vais m'occuper des jeunes.

Mais il n'avait rien dit de plus, pas un mot, et moi-même, je n'avais pas osé lui poser la moindre question.

Nous reprenions la conversation interrompue, parce que maintenant, cinq mois après, j'osais. Je ne pouvais plus faire autrement.

J'ai arrêté de jouer au poisson rouge dans son bocal, et j'ai parlé comme un être humain.

Mon père s'était déjà calmé. Il avait eu le temps. Il ne me regardait plus, ce qui m'aidait pas mal, et il avait posé ses deux mains sur le volant. Il respirait, c'est tout, il respirait comme il nous demande de le faire à l'entraînement après une longue série de sprints pour retrouver un rythme normal.

Je suis arrivé à sortir :

– C'est vrai !

Ce qui n'a l'air de rien, mais était déjà énorme. Avec mon père, je l'ai dit, nous nous comprenons très bien, mais sans parler. Parler, nous n'aimons ni l'un ni l'autre. Aussi longtemps qu'il suffit de s'aligner sur la même longueur d'onde d'un regard échangé, ça va. Dès qu'il faut trouver des mots pour exprimer ce qui coince, ça se gâte. Nous sommes pareils. Alors quand il y a problème, nous préférons laisser dormir, en espérant que le temps arrangera ça.

Mais ça ne marche pas toujours. La preuve.

– C'est vrai ! j'ai répété.

– C'est vrai, quoi ?

Mon père n'était plus décidé à me lâcher. Il avait compris qu'il fallait crever l'abcès.

– Tu as accepté ce qu'ils t'ont fait sans rien dire. Pas normal.

– Qu'est-ce que tu aurais fait, toi ?

– Je ne sais pas mais, en tout cas, je n'aurais pas réagi comme toi... Ils t'ont jeté dehors, et tout juste si tu ne leur as pas dit merci !

J'ai senti le regard de mon père sur ma nuque. Lourd. Au moins dix tonnes. J'ai pensé : « Je vais me prendre une baffe. » Car la franchise est une belle qualité, mais elle a ses limites. Surtout que mon père n'est pas du genre hypermoderne. Il n'est certes pas un inconditionnel de toutes ces formes imbéciles du respect, style « merci qui ? – merci Papa ! », mais la familiarité ne doit pas non plus dépasser certaines bornes.

Courageux, mais pas téméraire, j'ai encaissé le poids du regard, sans aller vérifier les yeux dans les yeux. J'ai observé mes pieds et j'ai serré les fesses.

La baffe n'est pas venue. Elle n'est pas passée loin, mais elle n'est pas venue.

– Non, Damien. J'ai dit « d'accord », exact, mais pas « merci ». Pas « merci ».

En trente secondes et mine de rien, mon père venait d'accepter que je franchisse le cap, grandisse d'un coup de plusieurs années. Il avait hésité, mais il m'accordait désormais le droit de lui parler en quelque sorte d'homme à homme. Mon opinion différente sur n'importe quel sujet n'était plus affront, provocation ou caprice de forte tête, mais simplement une opinion différente, un point c'est tout.

– J'ai accepté parce que...

– Je sais pourquoi tu as accepté... Tu n'as pas besoin de me le dire.

– Comment ça, tu le sais ?
– Oui. Tu as accepté à cause de moi, à cause de mon avenir... Tu as accepté pour protéger mon avenir.

Mon père n'a rien ajouté, pas un mot. Cette fois, c'était lui le poisson rouge. Au tennis, on appelle ça un retour gagnant. Je joue au foot, mais je connais aussi le tennis.

Histoire de meubler le silence, je me suis senti obligé de préciser :
– Pour mon avenir, j'ai le temps... Je préfère arrêter de jouer.

Mon père était désormais, non seulement silencieux, mais aussi étrangement calme. Il a remis le contact, actionné le clignotant, jeté un coup d'œil dans le rétro, et il a redémarré.

Nous sommes rentrés à la maison, et maman n'a rien su. Du moins, en ma présence. Après, sûr, il lui a tout raconté. Ils s'entendent bien, ne se cachent rien. Encore heureux.

Chapitre 7

Ce jour-là, mon père n'a rien ajouté, mais il n'a pas attendu longtemps pour me prendre entre quatre yeux.

Entre quatre yeux, mais pas méchamment. Décontracté. L'abcès était crevé. Je n'avais plus peur, et lui non plus. Entre quatre yeux, mais comme des amis. C'est possible, après tout, qu'un père et son fils discutent enfin comme des amis.

Il a attendu le lendemain.

Le lendemain, un lundi, il m'accompagnait au collège. Nous

habitons assez loin du centre ville, si loin que même le bus nous ignore superbement.

J'allais sortir de la voiture, « à ce soir », quand il m'a fait :

– Alors d'accord, je viens te chercher après la cantine...

– Après la cantine ?... (Je ne comprenais pas.) Mais, j'ai sport cet après-midi...

J'ai sport tous les après-midi. Je ne vous avais pas dit, mais je suis en section sport-études, foot bien sûr. Deuxième année. Donc déjà bien lancé sur les rails du professionnalisme. Du moins, je me croyais jusqu'alors bien lancé.

– Je sais, tu as foot... Mais comme tu ne veux plus jouer, ce n'est pas trop grave.

Il avait son air rigolard, celui que je préfère, celui qu'il prend seulement quand tout baigne dans l'huile, quand tout roule comme il veut.

Je ne comprenais pas, mais je n'étais pas anxieux. Je souriais aussi.

Il ne pouvait plus rien arriver de mal, plus rien de grave.
– Tiens. (Il m'a tendu une feuille de papier pliée.) C'est un mot d'excuse. Tu peux vérifier, il est signé. Je viens te chercher à quatorze heures. Nous allons à Barcelone pour la demi-finale de la coupe d'Europe. J'ai les billets... Enfin, si tu veux, seulement si tu veux...
– Tu as les billets pour Barcelone-Leeds, et on y va... tous... les deux ?

J'ai ri en même temps parce qu'on aurait cru cette publicité pour le fromage, où les deux amoureux ne veulent partager avec personne leur portion.

Il a compris lui aussi et il a fait :
– Oui... Tous... les deux !
– D'accord !

J'ai levé la main ouverte et il a tendu la sienne. J'ai tapé dedans.

J'avais les larmes aux yeux tellement j'étais heureux. Je me suis tourné vite fait et je suis parti en courant.
– À tout à l'heure.

Chapitre 8

Nous avons roulé sans rien dire ou presque, juste des banalités. Montpellier-Barcelone, le trajet, par l'autoroute, est avalé en deux heures et demie.

– Il est encore tôt, nous avons le temps. Tu ne connais pas les installations olympiques. (J'étais déjà venu à Barcelone, mais avant les Jeux d'été de 1992.) On va faire un tour...

J'ai eu droit à la visite complète avec guide particulier.

Le village olympique. « Ça ?... Ah bon, je croyais que c'étaient des HLM. »

Devant le port, deux immenses tours de verre. « Elles étaient destinées à la presse et aux officiels. Depuis, elles ont été transformées en bureaux. » Sur le Montjuïc, une colline qui domine la ville, le plat de résistance, les lieux de compétition.

J'ai aimé la piscine réservée au plongeon. À la télé, chaque fois qu'un athlète s'élançait, on avait l'impression qu'il s'envolait au-dessus de la ville, qu'il allait s'empaler sur les flèches de la cathédrale, la Sagrada Familia, et j'ai compris pourquoi.

Par contre, je n'ai pas aimé le stade olympique. Sale, vieillot et étriqué, pas du tout comme je me l'étais imaginé.

L'intermède culturel s'est achevé devant la futuriste sculpture métallique, emblème des Jeux. « Regarde bien ! C'est un athlète qui s'agenouille pour recevoir sa médaille. Tu vois ? » J'ai bien regardé, mais je n'ai rien vu de ce genre. J'ai trouvé ça beau quand même.

Nous sommes alors redescendus vers la ville, vers les Ramblas, et les Ramblas, j'adore. Une longue esplanade en plein centre, où le soir, toute la ville se retrouve pour flâner, entre les boutiques des libraires, des fleuristes et les terrasses de café.

Mon coin préféré est celui des animaux. Tous les animaux domestiques possibles et imaginables sont proposés là à d'éventuels acheteurs. Je parle des animaux de la maison, pas des vaches et des cochons.

Des perruches, un boucan infernal. Des chats, des chiens, des tortues... et des poissons rouges.

Je me suis arrêté devant les poissons et j'ai rigolé. Mon père m'a demandé pourquoi je riais, et j'ai répondu : « Pour rien. » Pas facile à expliquer.

D'ailleurs, à propos de parler ou de rester aussi muet que ces animaux, j'attendais toujours, mais je ne voyais rien venir.

Je me doutais bien que ce voyage

à Barcelone, tous les deux, en copains, n'était qu'un prétexte pour une explication poussée. Il faut croire que le moment propice ne s'était pas encore présenté.

Peut-être en mangeant ?... C'était maintenant l'heure. Pas pour les Espagnols qui mangent à des heures impossibles, mais pour nous, avant d'aller au stade.

Mon père s'est engagé dans une ruelle, en bas des Ramblas, à gauche avant la statue de Christophe Colomb. Il savait où il m'amenait et je lui faisais confiance. Il aime manger autant que moi.

Un restaurant typique. Rien que des grillades *a la plancha*, sur de grandes plaques alignées dès l'entrée derrière un comptoir de céramique. Des calamars, des gambas, du lapin. L'embarras du choix. Une bonne odeur d'huile d'olive frite, juste ce qu'il faut.

J'ai goûté à tout. J'ai lu dans les yeux de mon père l'avertissement habituel : « Attention, pas bon pour un sportif. Trop de ceci ou de cela... »

Je l'ai lu mais, cette fois, il n'a rien dit, il s'est contenté de sourire.

Nous avons parlé du match que nous allions voir. Toujours rien d'autre.

– Avec une équipe comme celle de Leeds, si Cruyff applique sa tactique, tout pour l'attaque, il risque d'avoir des surprises...

– Peut-être, mais le spectacle en vaudra la peine.

Nous sommes arrivés au Nou Camp, le stade du FC Barcelone, une heure avant le coup d'envoi, pour être certains de récupérer nos places.

Impressionnant. Je connaissais déjà, mais jamais un soir de match.

J'étais venu avec l'école en voyage de fin d'année. Au départ, le Nou Camp n'était pas prévu au programme. C'étaient plutôt cathédrales et monuments d'un autre temps. Nous avions tellement insisté que même les filles avaient dû s'incliner.

De bon gré, parce qu'en compensation, elles gagnaient une heure de quartier libre.

Je me souviens de la salle où sont exposés les trophées. De quoi rêver, mais surtout de la tête de Manuel.

À l'entrée, il avait acheté l'équipement complet aux couleurs du Barça. Chaussettes, short, maillot avec le numéro de son joueur préféré, Koeman je crois, et sans attendre, il avait enfilé le tout. Il s'y croyait vraiment. Sur les gradins déserts, il s'était assis à l'écart, et il ne bougeait plus. Il regardait la pelouse, sur laquelle il n'y avait rien à voir, mais lui, il voyait. Il était aussi sage et recueilli que dans une église. Normal, il était dans la sienne.

Donc, je connaissais le Nou Camp. Rien à voir pourtant avec ce que je découvrais ce soir-là.

Les cris, les drapeaux, les fumigènes, les mouvements de foule imprévisibles, j'ai l'habitude. Ce n'était pas la première fois que j'assistais à un grand match. Mais dans ce stade, si compact, fermé, gigantesque et néanmoins intime, l'ambiance prenait à la gorge, impossible d'y échapper. Il ne s'était encore rien passé, et déjà mon cœur battait plus vite, trop. En prime, les supporters anglais étaient parqués, sécurité oblige, pas très loin de nous, et nous recevions sur la tête des objets divers, inoffensifs encore, mais jusqu'à quand...

Je me suis fondu dans la foule, pas moyen de faire autrement, et j'ai commencé à m'égosiller avec elle.

Cette ambiance folle que je vous décris, c'était une heure avant le match. Vous imaginez l'état de l'arène, plus tard, beaucoup plus tard, quand les Catalans ont ouvert la marque, à la trentième minute de jeu !

Vous imaginez ?

Eh bien, c'est pourtant ce moment qu'a choisi mon père pour commencer à parler, pour me dire ce qu'il avait sur le cœur depuis trop longtemps.

C'est un cas, mon père. Il a de la chance que je l'aime.

Il m'a tiré par la manche pour que je reste assis à côté de lui et, dans le brouhaha infernal, il m'a glissé dans l'oreille, glissé en criant, bien obligé :

– Tu avais raison, tu sais ! J'ai bien failli tout arrêter, et quand je vois un match pareil, je me dis que ç'aurait été dommage.

– Comment ?

J'étais tellement pris par l'ambiance que je n'ai pas compris tout de suite de quoi il parlait. Pourtant je ne pouvais pas avoir oublié...

– Oui, tu n'étais pas au courant, mais j'ai même commencé un autre boulot... L'après-midi, j'essayais de vendre des voitures. Tu te rends compte, vendre des voitures... Tu me vois ?

Pour l'instant, je voyais surtout les fusées qui sifflaient au-dessus de nos têtes, les ballons qui s'envolaient, les drapeaux et les banderoles qui nous enveloppaient.

Très vite et sans forcer, je suis revenu malgré tout à notre réalité, la seule qui comptait pour nous.

– Mais pourquoi ? je lui ai demandé.

– Pourquoi ?... Parce que j'étais dégoûté, je n'avais plus de courage... Aussi, peut-être, à cause de toi... Tu es si bien dans ce club. Je ne voulais pas t'entraîner dans mes galères. Puis...

Avec la meilleure volonté du monde, mon père n'a pas pu continuer à parler. Le ballon à peine remis en jeu, Leeds venait d'égaliser. Une action tranchante, longue passe en avant, ces passes que les Anglais adorent, et de l'autre côté, un moment d'inattention de la défense espagnole... But superbe, mais aussitôt refusé pour hors-jeu, un hors-jeu pas du tout évident.

À côté de nous, les supporters anglais se sont déchaînés. Certains commençaient même à arracher les

BARCA
BARC
F.C
BARCA
BARCELO
FC
LA
BA

sièges. Les policiers se sont déployés autour d'eux pour essayer de les calmer et les isoler encore plus...

Un calme précaire, mais suffisant pour mon père, qui, imperturbable, a repris exactement là où il s'était arrêté.

– ... Puis, j'ai compris que tu avais surtout besoin d'un père, pas tellement d'un manager, d'un entraîneur personnel.

Exactement les mots que j'attendais. Malgré l'ambiance chaude, je buvais du petit-lait frais.

– Il y a un mois à peu près, j'ai reçu une proposition intéressante... Si je ne t'en ai pas parlé tout de suite, c'est seulement par superstition. Je n'aime pas dévoiler ce qui n'est pas encore assuré, tu le sais.

Je le savais en effet qu'il était superstitieux. Il suffit de le voir se balader toujours avec le même vieux sac de sport pourri, parce que c'est soi-disant le seul qui protège contre la défaite ! Passons...

– Maintenant je t'en parle, parce que c'est pratiquement fait... Pour la saison prochaine, je signe comme entraîneur de l'équipe première, à Nîmes, en D II. J'y vais ce jeudi, le jeudi qui vient...

– Super ! j'ai crié, et j'ai même embrassé mon père sur la joue, ce qui, en dehors des moments obligés, genre grands départs ou retours, ne m'arrive jamais.

Je connaissais cette équipe. Le haut du tableau. Ils flirtent avec la D I et ils ont bien l'intention d'y grimper.

Il ne se produisait rien de spécial sur le terrain, mais je me suis levé et j'ai encouragé comme un fou mon équipe favorite, bien sûr les « rouge et bleu », histoire surtout de dégager la pression.

Mon père a attendu que je me calme avant d'enchaîner :

– Et toi ?...

Je n'ai pas répondu tout de suite. J'étais trop loin, trop haut, trop bien.

– Et toi?... (Il a insisté :) Tu veux toujours arrêter de jouer!...

Je l'ai d'abord regardé sans rien dire, les yeux pétillants de rire. J'ai fait durer le plaisir.

– Moi?... M'arrêter de jouer?... Tu rigoles ou quoi? Regarde comme il se traîne, le vieux Stoïckhov, à la pointe de l'attaque du Barça... Qui pourra le remplacer un jour, si ce n'est moi?

– Idiot!

– De toute façon, à propos de cette idée imbécile d'arrêter de jouer, dont je me souviens vaguement, tu es le seul à être au courant, avec la douche du vestiaire. Alors, si fuite il y a, je saurai d'où elle vient!

D'un seul mouvement, nous nous sommes levés pour exprimer notre joie en nous tapant dans les mains. Une manie ridicule, mais que nous aimons bien, parce qu'un simple geste remplace de longs discours.

Nous aimons bien, mais cette fois, nous avions vraiment très mal choisi le moment d'exprimer ainsi notre joie. À l'instant même où nous nous levions, Leeds égalisait. Un but magnifique et incontestable, immédiatement validé.

La gêne !

Dans un silence troublant, les voisins les plus proches se sont écartés, en nous fixant méchamment. Tout juste si nous n'avons pas été obligés d'aller nous réfugier au milieu des Anglais.

Chapitre 9

La sanction est tombée le mercredi suivant. J'étais au milieu des copains, quand un dirigeant est venu me l'annoncer, avec un air grave de circonstance.

Trois matchs fermes de suspension.

Sévère, pour un ballon mollement lancé sur le bras d'un arbitre en train d'écrire. Mais il était influent et revanchard, et moi, capitaine, alors, j'aurais dû montrer l'exemple, etc.

Sévère, mais j'ai rigolé.

Même les copains n'ont pas compris.

Je ne leur en veux pas. Ils ne pouvaient pas comprendre.

« Je le ferais encor, si j'avais à le faire. »*

Qui est-ce qui a dit ça déjà ? Un joueur de foot *sans doute.*

* *Le Cid,* acte III, scène IV de Corneille.

Le goal amoureux

Chapitre 1

– Tu joues ce dimanche ? m'a-t-elle demandé.

Comme ça, dans la conversation.

Nous marchions sur les Allées, une esplanade en centre ville réservée aux piétons. Un endroit où les gens vont sans but, dans un sens, dans l'autre, juste histoire d'être ensemble et de discuter.

J'ai répondu oui, puis j'ai ajouté :

– En ouverture de l'équipe première. Un match très important. Si on gagne, c'est la finale, et ici, personne n'y est jamais encore arrivé...

Sur le papier, les autres sont plus forts, mais nous avons nos chances.

Elle a enchaîné, sans avoir l'air d'y toucher :

– En ouverture de l'équipe première ? Super ! Je te verrai peut-être...

– Ah bon ?

Comme je marchais à côté d'elle sans la regarder, je pouvais garder un air détaché.

– Oui. Figure-toi que je n'ai encore jamais vu jouer mon frère. (Son frère est pro. Il joue dans l'équipe première.) Tu sais que je n'aime pas le foot.

Court silence. Je le savais très bien qu'elle n'aimait pas le foot. Je me rappelais mot à mot certaines de ses reparties dans nos conversations de groupe. « À votre âge, courir après un ballon en culottes courtes, n'importe quoi ! » « Et vos embrassades à la moindre occasion ! Pire que des filles. »

Quand elle parlait ainsi, je la trouvais bête, mais ce n'était pas le

moment de s'en souvenir. J'ai laissé glisser.

Elle a enregistré mon silence et a continué.

– Je lui ai promis de venir.

– Ce serait bien, j'ai fait.

Comme nous étions arrivés en haut des Allées et qu'elle allait partir, je n'ai pas eu besoin d'en rajouter. Je l'ai embrassée sur la joue, avant de la quitter. Mais mon cœur s'est mis à sauter dans ma poitrine, courir comme un dératé.

Je me suis d'abord retourné et j'ai redescendu l'esplanade, sans rien montrer. Puis, dès que j'ai su qu'elle ne pouvait plus me voir ou m'entendre, j'ai explosé.

– Ouais ! j'ai crié, comme si nous étions sur le stade et venions de marquer un but.

Les vieux, assis sur les bancs, me regardaient, intrigués, mais je m'en fichais. J'aurais été capable d'aller les embrasser, peut-être pas de me rouler par terre avec eux comme avec les copains, mais presque.

J'ai commencé à courir. Dans ma tête, il n'y avait que cette phrase, qui revenait et me remplissait de joie : « Elle vient me voir jouer... Elle vient me voir jouer. »

Car je n'étais pas dupe. Le frère n'était qu'un prétexte. Si elle venait enfin au stade, ce n'était que pour moi.

Chapitre 2

J'ai couru ainsi sur une bonne centaine de mètres. Je ne peux pas me tromper, la longueur d'un terrain de football. J'ai arrêté de courir en bas des Allées, à hauteur du café que nous avions quitté, le lieu de rendez-vous de notre bande, le siège du club.

Rien de mieux qu'un bon sprint pour se calmer. Quand je pénètre sur un stade, avant un match important, et que la pression est trop forte, je me décontracte toujours de cette manière.

J'avais retrouvé ma lucidité, et j'en avais bien besoin, car je ne devais pas me monter la tête.

En amour, j'ai la mauvaise habitude de démarrer sur les chapeaux de roues. Un sourire, un regard échangé, un frôlement de mains, et je me construis tout seul mon cinéma. Je ne me préoccupe même pas de savoir si la fille est encore là.

J'ai déjà été amoureux plein de fois, mais toujours des aventures sans lendemain, des aventures parfois terminées avant que j'ai eu le temps d'échanger un seul mot avec celle que je croyais aimer.

Dans le genre, je me souviens de cette fille qui habitait en face de chez moi ; sa fenêtre donnait pile sur ma chambre. Elle habite toujours au même endroit mais, comme c'est fini entre nous, je préfère dire « habitait ».

De près, je n'avais pas eu l'occasion de l'observer mais, de loin, elle était belle. Elle s'accoudait à sa

fenêtre, quand elle avait fini ses devoirs, ou peut-être même avant, et elle ne bougeait plus. Elle avait les cheveux courts, noirs, et ses cheveux formaient un arrondi parfait autour de son visage. J'étais amoureux de cet arrondi parfait autour du visage trop blanc.

Je soulevais le rideau et je l'espionnais. Parfois, j'osais ouvrir franchement la fenêtre, et je m'accoudais aussi, en regardant ailleurs. Ce n'était pas pratique. D'abord, je ne la voyais pas bien, seulement du coin des yeux, et ensuite, dès que je sentais qu'elle m'avait remarqué et se tournait dans ma direction, j'étais obligé de rentrer, de peur qu'elle s'imagine que je n'étais là que pour elle, qu'elle s'imagine la vérité.

Cette histoire a bien duré deux, trois mois. Je rêvais d'elle tous les soirs avant de m'endormir, j'imaginais cent cinquante manières de l'aborder, mais l'aborder par hasard, sans jamais lui permettre de supposer que je ne pensais qu'à elle.

Un jour, je l'ai croisée dans la rue avec sa sœur. J'ai deviné qu'elle me montrait du doigt, et elles ont ri toutes les deux. Bêtement. Comme seulement, à mon avis, les filles savent rire quand elles sont entre elles.

Je n'ai pas daigné tourner la tête.

J'ai fait celui qui n'a rien vu, et depuis, je ne pense plus à elle, je ne suis plus amoureux.

D'ailleurs, vue de près, elle n'était pas aussi jolie que je l'avais cru. Elle n'était pas seulement arrondie à cause des cheveux autour du visage. Elle était arrondie de partout. Boulotte. Je n'aime pas les filles boulottes.

Donc, cette fois, prudence. Pas question de commettre la même faute.

D'accord, elle venait me voir jouer, elle s'intéressait assez à moi pour franchir ce pas.

Mais rien n'était fait. Je ne l'avais même pas encore embrassée sur la bouche.

Chapitre 3

J'ai retrouvé les copains. Ils étaient toujours assis à la même table, dans un coin à côté du juke-box, notre table. Le long du mur, il y a une banquette passablement défoncée, sur laquelle nous nous serrons. En face, des chaises que nous allons piquer partout dans la salle.

Le garçon fait des manières, parfois semblant de crier. Il nous reproche de lui mettre le bazar. C'est un peu vrai, mais il ne crie pas longtemps, car nous constituons malgré tout son fonds de clientèle, même si nous ne consommons pas assez et négligeons les pourboires. Nous créons l'ambiance, toujours un disque qui tourne. Le soir, à la sortie du collège, et le dimanche, après les matchs, la table ne désemplit pas.

L'ambiance, elle y était, quand je suis revenu. J'avais à peine franchi la porte que les copains ont commencé à me chambrer.

J'ai voulu garder un air distant, dégagé, au-dessus de tous les vulgaires sous-entendus, mais j'ai souri et c'était tout dire, mieux qu'une explication détaillée.

Alors l'un d'eux s'est cru malin en entonnant à tue-tête une chanson de circonstance, plus fort que la musique du juke-box :

– *Léda! Léda! Léda! Lé-é-da!*

Une vieille chanson, pas du tout dans notre répertoire, mais que nous connaissions tous vaguement, peut-être à cause des parents. Il chantait ça, parce qu'elle s'appelle Léda.

Un drôle de prénom, mais son vrai

prénom. Avant de la rencontrer, je ne savais même pas qu'une fille avait le droit de s'appeler ainsi. Depuis, j'aimais. J'aimais également le prénom. Il lui allait comme un gant. Aussi unique et mystérieux qu'elle. Puis, c'était pratique. Pour l'appeler dans ma tête, quand elle n'était pas là, le mot était comme une formule magique. Pas de risque qu'une autre arrive.

Je m'étais dit « Tu te calmes ! », mais avec leurs manières de se moquer de moi, tout en me faisant briller, je n'en prenais pas le chemin.

Heureusement, ils ont vite arrêté de chanter, car personne ne connaissait la suite, même pas le début du premier couplet, et ceux qui jouaient au baby-foot ont crié au secours ; il leur manquait un partenaire.

Je joue mal, mais j'y suis allé et ils n'ont pas osé protester.

Une bonne partie de baby-foot, frapper dans la balle comme un sourd, pour se vider la tête, c'est aussi efficace qu'un sprint.

Chapitre 4

C'est vrai que je joue mal au baby-foot. Je ne suis pas complètement nul, mais je joue mal.

Je prends toujours les lignes arrière, et sur le plan défensif, je m'en sors honorablement. Je suis vif, toujours sur la trajectoire. Il n'est pas facile de me tromper. Normal, gardien de but, c'est mon métier en quelque sorte, ma place sur un vrai terrain.

Mais au baby-foot, même à ce poste, il ne suffit pas de savoir défendre. Il faut aussi être capable de marquer. Bloquer parfaitement la balle avec un des deux arrières, la promener tout au long de sa ligne pour amuser l'adversaire, et frapper un coup sec, lointain, mais terriblement dangereux, surtout si l'on sait exploiter le rebond de la bande.

Ça, je ne sais pas faire.

À tous les coups, quand j'essaie ce genre de fioriture, la balle ripe, m'échappe. Au mieux, l'adversaire la récupère et me laisse rarement le temps de me replacer. Au pire, elle part dans le mauvais sens et je me marque le but tout seul.

Donc si je ne suis pas nul, c'est tout comme.

Mais le problème n'est pas là. Après tout, le baby-foot est un jeu dépassé, plus de notre époque. D'ailleurs, je crois que le seul qui reste en ville se trouve dans notre café et, vu son état, il ne va pas tarder à disparaître.

Le problème, c'est que je suis nul partout ailleurs aussi. Je veux dire

dans tout ce qui permet de se faire remarquer, se rendre intéressant auprès des filles.

Je ne sais pas danser. Incapable. Dès que je tiens une fille dans mes bras, on dirait que j'ai des jambes en bois. Pourtant, je m'entraîne à la maison, et j'y arrive plutôt bien mais, dès que je tiens une fille dans mes bras... J'évite.

Je ne sais pas non plus raconter une histoire en groupe, retenir l'attention, faire rire ou pleurer. J'évite aussi.

Alors, qu'est-ce qu'il me reste ? Je vous le demande, car vous vous en doutez un peu. Il me reste le foot.

Là, sans me vanter, je brille et je me fais remarquer, je m'éclate.

Mon prénom est Grégory, mais les copains m'appellent « le Chat », ce n'est pas pour rien. Présent sur toutes les balles, même les plus difficiles. Parfois, les autres lèvent déjà les bras, croient avoir marqué. D'un plongeon désespéré, j'interviens et je sauve.

Tout en restant efficace, je sais être spectaculaire, ce qui ne gâte rien. Je n'ai pas peur de m'envoler sur les balles hautes ou de me jeter dans les jambes des adversaires.

En prime, je suis devenu un spécialiste des penalties. Pourtant, les penalties, si vous suivez un peu le football, vous n'ignorez pas que cet exercice est toujours périlleux pour le gardien. Une vraie loterie et rarement gagnante. Je les joue à l'influence. Je ne quitte pas le tireur des yeux, mais ni ses pieds ni le ballon ni le visage. Une fois sur deux, je devine et j'anticipe. Une fois sur deux, j'arrête. Une fois sur deux, c'est une très bonne moyenne.

Au foot, je sais me mettre en valeur, et c'était bien pour cette raison que j'étais si content qu'elle vienne me voir jouer.

J'avais décidé de me calmer, mais

j'étais si sûr de moi qu'au baby-foot, pour la première fois, j'ai tenté un tir lointain, direct, sans même chercher à utiliser la bande, et j'ai marqué.

Je tenais la forme, la forme olympique, la superforme.

Chapitre 5

Le match clé était pour le surlendemain. J'avais le temps de faire le vide, de me concentrer pleinement sur l'enjeu sportif : une place en finale pour le club.

J'y suis arrivé. J'ai presque oublié Léda.

Mon père m'a accompagné au stade en voiture. D'habitude, je ne pars pas avec lui. Un coéquipier m'amène sur sa moto. Pas seulement un coéquipier d'ailleurs, un vrai copain. Mais depuis quelque temps, presque le début de la saison, il fréquente une fille. Sur sa moto, il emmène désormais sa fiancée, uniquement sa fiancée. Nous sommes toujours amis, mais je le vois beaucoup moins.

Elle est gentille, la fiancée. Pas du tout mon genre, mais elle est gentille.

Au début, je continuais à aller chez lui, comme si de rien n'était, puisqu'il est mon seul vrai copain. Elle ne m'a jamais fait sentir que j'étais de trop. Au contraire, elle prenait de mes nouvelles, discutait autant avec moi qu'avec lui, se forçait à ne pas trop l'embrasser à tort et à travers, baisers passionnés.

Ils me recevaient parfaitement, mais je n'ai pas insisté, parce que c'était minant. Ils me recevaient comme mari et femme. Difficilement supportable.

C'est vrai qu'ils sont comme mari et femme. Ils ne se quittent plus.

À domicile, elle assiste à tous les matchs, même les plus quelconques, même dans le froid, ou sous la pluie. Si elle ne se déplace pas à l'extérieur, c'est seulement parce qu'elle n'a pas le droit de monter dans le car, ou les moyens de suivre autrement. Elle reste sous sa fenêtre jusqu'au moment du départ, et lui envoie des bisous.

Je les trouve ridicules, et je ne suis pas le seul, mais je n'en parle à personne.

Souvent, ils mangent ensemble, chez l'un ou chez l'autre, car les parents sont complices. Vraiment mari et femme. Je me demande si, en cachette, elle ne lui lave pas son linge, son short, ses chaussettes, son maillot.

Je trouve qu'ils en font trop, mais depuis, je suis plus seul que jamais, et j'aimerais bien que quelqu'un, sans en faire autant, s'intéresse aussi un peu à moi.

Ma mère vient régulièrement me voir jouer, et à table, le soir, elle parle avec mon père de mes exploits du jour. Mais ma mère, ce n'est pas assez. Ma mère, c'est différent.

J'aimerais aussi... Peut-être Léda...

« Tu rêves, mon gars ! Concentre-toi, concentre-toi ! »

Je n'ai même pas eu besoin de m'interpeller ainsi pour arrêter mes divagations. Mon père m'a envoyé une grande claque dans le dos. Nous étions sur le parking du stade :

– Allez, petit, c'est aujourd'hui ou jamais. Du punch, du punch !

Il m'a jeté dehors en riant et en me bourrant les côtes de coups de poing.

Il est très expansif, mon père, très nature, amitié virile. Pas question de confondre avec un petit bisou tendre, au coin des lèvres, plein de secrètes promesses.

J'étais dans le match, et un match, c'est la jungle. Les sentiments, il vaut mieux les laisser au vestiaire, et même avant.

Chapitre 6

Heureusement que j'étais dans le match dès les premières minutes, car ils ne nous ont pas accordé le temps de souffler. Ils nous ont pris à la gorge. Nous étions enfermés dans notre camp, pas moyen d'en sortir.

D'entrée, j'ai dû montrer ce dont je suis capable, j'ai dû montrer qui est le chef dans ma surface. Un joueur adverse est venu de son camp, la balle au pied. Au lieu de l'attaquer, les miens ont reculé, l'ont laissé s'avancer. Il a frappé, un tir lointain, mais sec et inattendu, les plus vicieux. La balle partait droit sous la transversale. Je l'ai détournée en corner, d'une claquette, au prix d'une envolée spectaculaire, à l'extrême limite de l'extension.

J'étais là, j'étais bien là, les copains pouvaient me faire confiance.

Je me suis relevé et je les ai engueulés, pas méchamment, juste pour leur donner du courage. « Plus haut, plus haut ! » Il fallait à tout prix se serrer les coudes pour tenir les autres loin de notre but.

Nous étions dominés, et même déjà malmenés, mais tout compte fait, quelque part en moi-même, je me disais que ce n'était pas plus mauvais ainsi.

Le pire pour un gardien, c'est souvent le contraire. Ces rencontres que son équipe domine outrageusement. Le premier contre venu, il est froid, il lui manque le réflexe adéquat, et il encaisse un but bête. Sans parler de l'ennui, de la frustration de ces matchs où l'on passe

son temps à regarder les amis s'amuser.

C'était mieux ainsi. Surtout aujourd'hui.

Aujourd'hui, il y avait du monde. L'avantage de jouer en ouverture de l'équipe première.

D'accord, les spectateurs ne venaient pas spécialement pour nous. Ils arrivaient progressivement, sans se presser. Ils se retrouvaient, se congratulaient, discutaient, passaient plus de temps ainsi que tournés vers la pelouse. Mais malgré tout, ils étaient là. Rien à voir, même en début de match, avec notre maigre public habituel de parents et d'amis.

J'aime sentir cette présence de la foule quand je joue.

Je n'en ai pas nécessairement besoin pour prendre mon plaisir au jeu. Je peux passer un après-midi entier, sans me lasser, avec un copain qui essaie de me marquer des buts. Je peux même m'amuser seul, contre un mur. Je me place très près, je frappe dans la balle comme un malade, et quel que soit le rebond, j'essaie de la saisir, proprement, en assurant parfaitement ma prise. Quand je réussis un beau geste, je hurle et je lève le poing vers un public imaginaire.

Je peux m'amuser ainsi, mais il faut avouer qu'un véritable public, en chair, en os et en cris, c'est tout de même autre chose. L'impression de multiplier son plaisir en le partageant pour de bon.

D'ailleurs, pour ma seconde action d'éclat, juste avant la mi-temps, j'ai savouré mon plaisir.

Un, deux dribbles et l'avant-centre adverse avait troué toute notre défense. Il arrivait seul en face de moi. Je ne lui ai pas laissé le temps de comprendre. Je me suis jeté dans

ses pieds, exactement comme on le voit parfois à la télé, en glissant sur le côté, la tête dans les épaules pour éviter les souliers qui traînent. Je lui ai chipé le ballon sans commettre la moindre faute.

Il s'est écroulé derrière moi, s'est roulé par terre pour influencer l'arbitre, mais je n'ai pas douté un instant.

Je me suis relevé et, tranquille, j'ai fait rebondir plusieurs fois le ballon devant moi, pour permettre aux copains de se replacer avant de relancer le jeu. Également pour goûter l'ambiance, les applaudissements, les cris d'encouragement des supporters. Je suis comme ça.

Donc cette domination que nous subissions tombait parfaitement bien aujourd'hui.

D'autant que Léda n'était pas encore là, mais ce n'était plus qu'une question de minutes. Je ne me faisais aucun souci.

Chapitre 7

Du souci, j'ai seulement commencé à m'en faire au milieu de la seconde mi-temps.

Pourtant, tout allait pour le mieux, car nous avions réussi à marquer dès la reprise et contre le cours du jeu. Une seule occasion, comme c'est souvent le cas, quand une équipe est dominée, et la balle au fond des filets.

Tout allait pour le mieux, nous menions au score, et la pression adverse avait repris de plus belle. J'étais sollicité sans arrêt, mais impérial sur toutes les actions dangereuses. Je réussissais le meilleur match de ma carrière.

Un groupe d'amis, derrière mes poteaux, scandait même mon nom, et la foule reprenait. J'étais sur un nuage.

Sur un nuage, mais pas aussi heureux que j'aurais dû l'être. Car le temps passait, la partie tirait sur sa fin, et elle n'était toujours pas arrivée.

À quoi bon briller, si elle n'était pas là pour m'admirer ?

Je le savais parfaitement qu'elle n'était pas là. Pleinement concentré sur le match, j'avais malgré tout l'œil. Je ne pouvais pas l'avoir ratée.

Pour entrer, elle devait automatiquement longer le grillage sur ma gauche, avant de rejoindre la tribune officielle. Elle ne pouvait pas s'installer ailleurs. Non seulement son frère est professionnel, mais son père est un dirigeant du club. Si elle venait avec lui, comme elle me l'avait promis, c'était par là qu'elle allait passer. Je voyais presque sa place vide, la place qui lui était réservée, car notre stade est correct, mais rien à voir avec les dimensions d'un Parc des Princes.

Le match tirait sur sa fin et mon moral baissait. Je jouais toujours

aussi bien, mais lentement l'influx me quittait.

Quand soudain...

Soudain, après avoir dégagé très loin de nos buts, au-delà de la ligne médiane, car j'y arrive sans forcer, même sur un aussi grand terrain, je me suis retourné pour revenir dans ma zone et je l'ai aperçue. Comme prévu, elle longeait le grillage avec son père, tout près de moi.

Elle portait son petit imper rose, celui qui lui va si bien à cause de la couleur de ses cheveux. Elle a des cheveux noirs, très longs, mais frisés, qui lui font une auréole autour de la tête. J'ai eu le temps de remarquer qu'elle les avait attachés sur sa nuque. Un chignon bâclé, maintenu par un élastique, mais que j'adore.

Quand elle attache ses cheveux ainsi, j'ai toujours envie de l'embrasser dans le cou.

Le jeu était revenu dans notre camp aussi rapidement que j'avais essayé de l'écarter, mais nos regards se sont croisés. Elle m'a adressé un petit signe discret. Peut-être même lancé un baiser. Je le lui ai renvoyé vivement. Si vivement que personne d'autre ne pouvait l'intercepter.

Personne ne l'a intercepté, mais mon ciel bleu, couleur amour, s'est malgré tout déchiré, car Fabrice a choisi ce bref instant d'inattention pour « s'appuyer » sur moi.

« S'appuyer », vous savez ce que c'est. Le gardien est un joueur comme un autre. Il faut oser l'utiliser pour relancer l'action, quand on est bloqué sur son côté. Fabrice avait récupéré le ballon mais, bloqué sur son côté, il a voulu « s'appuyer » sur moi.

J'ai vu la balle au dernier moment. Au moment où elle était déjà à un mètre de moi. Je me suis baissé et, sur mes six mètres, je l'ai attrapée à pleines mains.

Un drôle de silence est tombé sur le stade, un silence inquiétant. Je me suis senti devenir vide, froid, comme quand on vient de commettre une énorme bêtise.

Je n'avais pas besoin d'un dessin. J'avais bien commis une énorme bêtise. Le gardien n'a plus le droit d'attraper ainsi un ballon renvoyé par un coéquipier. Il doit le jouer au pied. C'est une règle que plus aucun gardien sérieux ne peut oublier.

Dans le silence et dans le froid, j'ai entendu le coup de sifflet de l'arbitre. Je l'ai vu courir vers moi, vers le point où la faute venait d'être commise. Coup franc indirect dans les six mètres. Aussi grave qu'un penalty.

J'avais honte, tellement honte que j'aurais voulu tout planter là, le ballon et mes gants, les copains, pour partir me cacher dans les vestiaires.

Je ne l'ai pas fait, mais j'avais vraiment oublié Léda. Cette fois je l'avais complètement oubliée.

Chapitre 8

Je n'avais pas seulement oublié Léda. Je crois que j'avais même oublié que j'étais toujours gardien de but dans une équipe de football. Les jambes écartées et plantées sur ma ligne, les bras mollement abandonnés le long du corps, je ne bougeais pratiquement plus. Autour de moi, après ce coup franc imbécile et durant les cinq minutes qui restaient à jouer, la tourmente s'est déchaînée. Imperturbable, je l'ai subie, sans broncher et sans plier.

Le coup franc n'a rien donné. Ils n'ont pas marqué. Ils ont voulu le jouer en force, mais nous étions vingt et un joueurs massés dans mes six mètres, et la balle a ricoché dans tous les angles, comme dans une partie de baby-foot que plus personne n'est capable de maîtriser.

Elle a touché un tibia, un genou, une épaule, peut-être même un de nos poteaux, avant de revenir encore dans le tas et finir dans mes bras, par hasard, sans que j'aie eu à esquisser le moindre geste pour aller la chercher.

La suite fut du même tonneau. Nous n'étions plus simplement dominés, mais écrasés, laminés. Le jeu ne quittait plus notre surface de réparation, à part quelques renvois en touche, désespérés, qui ne nous permettaient guère de souffler.

Pourtant nous avons gagné. Les adversaires n'ont jamais su marquer ce but d'égalisation, qu'ils désiraient trop fébrilement. Un dernier obs-

tacle, sur ma ligne, empêchait toujours le ballon d'entrer. Le pied ou la tête d'un copain, encore deux ou trois fois le poteau, et parfois moi, ou ce qu'il en restait, mais toujours par hasard.

Nous avons gagné et nous avons eu droit au tour d'honneur, sous les acclamations de la foule en délire. Les amis ont voulu me porter en triomphe. Je n'ai pas protesté. Je ne savais plus protester. Ils l'ont fait.

Ils avaient carrément oublié mon absurde moment d'inattention. J'étais un grand gardien. Un grand gardien doit posséder la baraka, avoir de la chance. La chance fait partie du jeu. Un grand gardien est capable de rester serein dans la tempête, comme un capitaine sur son navire en détresse.

J'étais resté serein, parce que j'étais déjà ailleurs, peut-être sous la douche, mais personne n'avait su ou voulu le remarquer.

J'étais partagé. Fier et heureux, mais j'avais toujours quelque part un tenace sentiment de honte, qui ne voulait pas me quitter.

Au point que, quand nous sommes montés dans les tribunes après nous être douchés, je n'ai pas osé regarder Léda, encore moins l'approcher.

C'est elle qui est venue vers moi.

Elle était fière, elle était ravie, ça se lisait sur son visage. Je l'avais bouleversée.

D'ailleurs, elle n'avait certainement même pas relevé la faute énorme que j'avais commise. Elle ne maîtrisait pas suffisamment les règles du jeu.

Elle m'a embrassé au coin des lèvres, parce qu'elle ne pouvait tout de même pas en faire plus, avec son père assis à trois mètres. Elle a poussé les collègues pour s'asseoir à côté de moi. J'avais son joli cou gracile sous les yeux.

J'ai attendu le moment propice. Le moment où son père ne risquait pas de se retourner. Le match principal avait commencé et, sur les buts, l'action était chaude.

J'ai baissé la tête et je l'ai embrassée dans le cou, là où j'ai toujours eu envie de l'embrasser. Elle a souri et s'est encore serrée un peu plus contre moi.

Nous sommes peu de chose et il ne suffit pas de bien faire pour réussir. Ce sera, si vous le voulez bien, la morale de mon histoire.

Table des matières

Castor Poche

Des livres pour toutes les envies de lire,
envie de rire, de frissonner,
envie de partir loin
ou de se pelotonner dans un coin.

Des livres pour ceux qui dévorent.
Des livres pour ceux qui grignotent.
Des livres pour ceux qui croient ne pas aimer lire.
Des livres pour ouvrir l'appétit de lire et de grandir.

Castor Poche rassemble des textes du monde entier ; des récits qui parlent de vous mais aussi d'ailleurs, de pays lointains ou plus proches, de cultures différentes ; des romans, des récits, des témoignages, des documents écrits avec passion par des auteurs qui aiment la vie, qui défendent et respectent les différences. Des livres qui abordent les questions que vous vous posez.

Les auteurs, les illustrateurs, les traducteurs vous invitent à communiquer, à correspondre avec eux.

Castor Poche
Atelier du Père Castor
4, rue Casimir-Delavigne
75006 PARIS

Castor Poche, des livres pour toutes les envies de lire: pour ceux qui aiment les histoires d'hier et d'aujourd'hui, ici, mais aussi dans d'autres pays, voici une sélection de romans.

635 **Sauvez Willy 3** **Junior**

par Todd Strasser

Jesse est presque un homme désormais. Il n'a rien perdu de sa passion pour les orques, et il travaille avec Randolph pour leur protection. Il retrouve Willy tous les ans. Mais leur route va croiser des pêcheurs prêts à tout pour capturer des orques. Max, un jeune garçon, va les aider de tout son cœur...

616 **Le gardien du chateau** **Senior**

par Nadine Brun-Cosme

Trois nouvelles, Le gardien du château, Maël, La maison d'en bas, qui évoquent l'attente de l'autre, l'émoi de la rencontre, la douleur de l'absence, mais aussi la joie de la rencontre. Laissons les mots ouvrir la porte du souvenir, saisir les sensations fugaces du temps qui passe.

615 **Le dresseur d'ours** **Senior**

par Harriet Graham

Avant d'être apprenti-tanneur, Guillaume a connu la douceur d'une famille heureuse. C'était avant, avant la mort de son père, avant le remariage de sa mère... il y a si longtemps. Mais Guillaume a le don de dresser les ours, don très convoité en ces temps où les ours apprivoisés vont de ville en ville, de pays en pays... Guillaume part pour un long voyage avec une troupe de saltimbanques.

614 **La vengeance d'Emily Upham** **Junior**

par Avi

Le père d'Emily est ruiné et mêlé à une histoire de hold-up ! C'est beaucoup d'émotions pour la jeune et précieuse Emily. Seth Marple, un jeune va-nu-pieds, propose de l'aider. Mais quelle aide ! Entre Seth l'intrépide et la précieuse Emily la rencontre est explosive.

605 Le puits **Senior**
par Mildred D. Taylor
La sécheresse est terrible, elle a tari tous les puits de la région. Tous sauf celui des Logan, famille de fermiers noirs aisée. Les Logan partagent cette eau précieuse de grand cœur, avec tous. Mais en 1910, dans le Sud américain, les rancœurs contre les noirs persistent ; tout au long de l'été, la tension va monter…

600 Le jour de la photo **Junior**
Par Corinne Fleurot
La Grande Catoche règne sur l'école. Décidée, voire tyrannique, elle domine la cour de récréation. Hélène vit dans l'ombre de son aînée, pourtant, le jour où la Catoche subira une grande humiliation publique c'est auprès d'Hélène qu'elle trouvera la force de faire face. Solidaires dans l'épreuve, les deux sœurs tisseront une vraie complicité.

598 Un Périgourdin aux Indes
Les Tibeyrant **Senior**
par Thalie de Molènes
François et Edmée coulent des jours tranquilles à Plazac. Mais François reçoit un appel au secours de Kamala : Edmond, son fils, a disparu. François part aux Indes, à la recherche de son neveu et de Louis de Ponchapt, le fils d'Edmée. Avec son compagnon de route Yvon, il va traverser l'Inde de la fin du XVIIIe siècle…

594 Célestine ou les parfums caméléons **Junior**
par Marie Saint-Dizier
À Ici-bas, où règne le tyrannique Mister Nose, Célestine rencontre une bande de chiens errants. Ils ont perdu la mémoire de leur vie d'antan. Bientôt des chiens disparaissent, ils ont suivi un parfum, évocation d'un souvenir délicieux. Célestine, seule, pressent que ces parfums diffusent un piège pour ses amis…

590 Le champ de personne — Senior

par Daniel Picouly

Le Mohican, onzième d'une famille de treize enfants vit dans un petit pavillon de banlieue. Sa famille, grande tribu généreuse, est solidaire et la vie n'est jamais monotone pour le Mohican, entre le football (sa grande passion) et les dictées (sa terreur), entre rêves et rires. *Le champ de personne* est la chronique d'une journée comme les autres...

589 L'homme de l'autre côté — Senior

par Uri Orlev

En 1942, Marek vit à Varsovie et aide son beau-père à convoyer des marchandises vers le ghetto des juifs. Il éprouve à leur égard une certaine défiance. Quand sa mère lui apprend que son père était juif communiste, et mort en défendant ses idées, le jeune homme s'engage dans la lutte.

581 Ce cher Monsieur Dieu — Senior

Par Klaus Kordon

Monsieur Dieu n'est pas un facteur pas comme les autres : il substitue les lettres annonçant de mauvaises nouvelles à ses amis et les remplace par de bonnes nouvelles. Mais un jour, le pot aux roses est découvert...

580 La sœur de mon frère — Senior

Par C. S. Adler

L'arrivée de Youn Hee, petite coréenne que sa mère a décidé d'adopter, est difficile pour Caitlin. Youn Hee n'est venue que pour retrouver son petit frère, Simon, dans la famille depuis longtemps, et complètement américain. Caitlin fera tout pour tenter d'apprivoiser sa nouvelle sœur.

Cet
ouvrage,
le quatre cent
soixante et onzième
de la collection
CASTOR POCHE,
a été achevé d'imprimer
sur les presses de l'imprimerie
Maury Eurolivres
Manchecourt - France
en avril 1998

Cet ouvrage a été composé
par les éditions Flammarion

Dépôt légal : février 1998.
N° d'Édition : 4362. Imprimé en France.
ISBN : 2-08-164362-6
ISSN : 0763-4544
Loi n° 49-956 du 16 juillet 1949
sur les publications destinées à la jeunesse